句集

土魂

大畠新草

文學の森

句集　土魂／目次

初景色　昭和六十二年〜平成元年　7
山　彦　平成二年〜平成三年　31
茶　柱　平成四年〜平成五年　47
汗滂沱　平成六年〜平成八年　57
青　蛙　平成九年〜平成十二年　73
複式学級　平成十三年〜平成十四年　91
鷹　柱　平成十五年〜平成十八年　107

風を待つ　平成十九年～平成二十年　127
コスモス凜凜　平成二十一年～平成二十二年　141
幟立つ　平成二十三年～平成二十四年　161
蟬の穴　平成二十五年～平成二十六年　183
米　寿　平成二十七年～平成二十八年　201
あとがき　218

題簽　岡崎桜雲
装丁　文學の森装幀室

句集　土魂

どこん

初景色

昭和六十二年～平成元年

冬鵙の朝晩とまる瘤持つ木

葱剝きて老婆両耳聡くなる

勇退てふ一語のひびき寒の梅

梅匂ふ父情母情の混み合ひて

流氷をオンザロックに多喜二の忌

靴下の爪先に穴地虫出づ

宗谷岬にて　七句

晴れて暗きオホーック五月病の鳶

海軍予備学生として出征せし長兄、昭和二十年七月十八日樺太近海にて戦死

たんぽぽの黄の踏ん張りてさいはてや

首夏寒き宗谷の海に合掌す

合掌の影に昆布の漂ひ来
流れつく昆布亡兄の血通ふかも
玫瑰の芽や兄恋ひの声を出す

嫩葉まづ出て咲くさくら鎮魂碑

酢を打つて飯総立ちに祭笛

泥詰まる足の爪摘む遠花火

鯖火燃ゆ兄弟姉妹揃ひけり

人生に二度目の辞表後の月

父の柩追ひたる記憶雁のころ

裸木の瘤を撫でゆく塾通ひ

開帳や鯉の眼の浮上して

忌中札貼られ白れんどつと咲く

梅雨明けの一番星はひもじさう

兄の忌の激流となる夏銀河

筆不精してゐて韮の花ざかり

奥物部湖水祭にて　九句

序章なす霧の白髯流灯会

半被の紺濃くする汗や太鼓打つ

盆太鼓打ち据ゑダム湖豊満に

踊り娘のリボン羽ばたく湖の張り

踊りの輪抜けて母校の水を飲む

踊り終へ乳房の動悸嬰に吸はす

湖底より流灯あやつるものありや

ふるさとは湖底流灯万の禱り

流灯群不意に炎上一揆のころ

人形が少女に添寝露けしや

進学のこと諦めて鳥渡る

深秋の鯉に呼吸を合はされる

時雨るるや追肥は餌をやる手つき

修飾語のやうに冬鷺一羽三羽

肩書を捨てたる冬の流れ星

牛の尾が右にひだりに初景色

日脚伸ぶ頸もてあます鷺のゐて

文鎮のやうな予後の身陽炎へり

無念さは春三日月のごとくあり

水たまりばかり歩く児五月来る

カレンダーの土曜は青し五月雨るる

島崎藤村墓所にて　三句

青梅落つ戒律少し綻びて

蛍袋墓前の気息あふれしむ

藤村の詩嚢の蛍ぶくろかな

紫陽花に遺訓のごとき流れかな

紫陽花の毬の濃淡隠し味

一番星見つけ一番蛍の息

七夕や母の遺品の白髪染

指紋また人の年輪葡萄食ぶ

生真面目に生きぎんなんにかぶれたる

校庭に体温持つ木十三夜

婉と言ふ女を祀り鵙の贄

冬蝶の秘めしむらさきお婉堂

裸木となるまで言葉使ひきる

男運なげきて大根洗ひをり

干すシャツに湿りのもどる寒鴉

私の愛誦句

蟾蜍長子家去る由もなし　中村草田男

俳句を始めて人間探求派のこの句に共鳴し「萬緑」に入会。不惑を過ぎると次々に近親者が他界。

事情あって他家を継いだ身に責任がのしかかってきた。一方公務も多忙となり〈四十路さながら雲多き午後曼珠沙華　草田男〉を実感し「萬緑」を脱落した。

拙作の〈蟇歩む見えざる鎖引きずりて〉は掲句が土台となっているが、師の暗示している「宿命の中の決意」には程遠いわが句業である。


（「未来図」H1・8月号より）

山彦

平成二年～平成三年

天気図にワインカラーの寒気団

誰よりも白き息吐く茶断ちして

思案してふくるるばかり寒雀

雪像の翳りの碧き旅愁かな

枕辺に聖ヨハネ伝雪明り

梅一輪二輪ボタンの掛け違ひ

乾坤の余寒あつまるぼんのくぼ

桜蘂降る憔悴の昼の月

梨の花正直者を孤独にす

たかんなの産毛発光願ほどき

喪の家の代田盛装の鷺の来て

炎天へ一本杉の壮気かな

山鳩啼く裸子奪《と》ろか臍とろか

寝たきりの部屋より鳴子紐を曳く

送り火に水の匂ひの寄り添ひぬ

十六夜や漬物石が溺れだす

賜はりし北斗のしづく糸瓜水

衝動買ひして拡がれりいわし雲

貝割菜聞き耳立ててゐたりけり

干柿にとどまる夕日珠算塾

大窪寺にて　二句

罪障の身ぞ香煙に咳き込みぬ

光背となる紅葉山結願す

山彦のもとをただせば木守柚子

冬耕のけむり真つ直ぐ村支ふ

末黒野の空缶鴉のこゑを出す

紅梅や禰宜が聖書を持ち歩く

物真似に裏声の出るさくら冷え

千代田区の柳は無聊みどりの日

五月来る孔雀全開また全開

喪ごころのひねもす青葉時雨かな

熊蟬の声狂はせてゐる濁流
蒟蒻の茎のさめ肌人が減る
でで虫の角のめりはり数へ唄

白地着る合掌の癖つきし身に

天寿とは風のかたちの白むくげ

蜩や鎖が錆びるやうな村

会釈する背黒せきれい嫁が来る

人肌の冬木と刻を惜しみけり

茶柱

平成四年〜平成五年

黒猫が出る啓蟄の裏鬼門

文旦の皮が灰皿三鬼の忌

くちびるに落花一片失業す

ハローワークに混み合ふ目玉啄木忌

空梅雨や批評が少し辛辣に

竹皮を脱ぐ白昼の秘湯かな

初つぱなに来る奉加帳韮が咲く

銀河濃し茶柱のごと友を待つ

マスト登り上手になつて鵙日和

バリウムを一気に飲んで寒露なり

七五三猫に肴を盗られけり

枯れきつて語り部となる烏瓜

薄氷に松葉が刺さり税申告

豌豆の花から洩れる薄笑ひ

麦の秋列車短き世となりぬ

思惑の裏目うらめになめくぢり
兄の忌の蜂の翅音きな臭し
誰も持つ叫びたきことカンナの緋

おんぶ蟋蟀故郷やすやす捨てらるる

昨日より大きな空の秋ざくら

幻聴は軍靴のひびき秋ざくら

冬の雷屛風の虎の目が動く

産声や無垢の綿虫あつまる日

ボールペンかすれて山が眠りだす

汗滂沱

平成六年〜平成八年

能面がうしろに掛かる湯冷めかな

雛の間に睡りて睫毛伸びし嬰よ

おほでまりこでまり一人暮しかな

パックして能面八十八夜の妻

久闊の握手の力泉湧く

唐突に梅雨明け宣言酢を効かす

山開きの記事敷き眠るホームレス

何時からか朝型人間花南瓜

空蝉の大きく割れて雨欲しや

天に地に一滴も無し汗滂沱

湯豆腐や髭やはらかく酌み合へり

初鶏のこゑ出し尽くす爪の張り

年輪の芯のくれなゐ建国日

料峭の白眼がちなる猿のボス

ダム水位ぐんと上がりて鯉のぼり

十薬の匂ひ指先に猜疑心

ダムは雲の姿見梅雨の明けにけり

病葉の一さし舞へりダム減りぬ

泡ひとつ離さぬ通夜の水中花

かまきりの貌する園児道路鏡

黄落や総身反らす正義感

丁寧にていねいに謝辞黄落す

極月や鶏に産ませる灯をともす

木守柚子星座へ紛れ込みにけり

元日の昼月素顔のままである

震災一周忌
星はみないのちの重さ神戸凍つ

きさらぎの雲は駈足はぎれ市

戻りて梅の殺気をこめかみに
職三たび替へて接木のコツを知る
鳥交る四国三郎渦なせり

虚子の忌の一彗星の遠ざかる

白魚を食ぶきぬずれの音を食ぶ

墓囲む杉菜茶にして恙なし

母の日の母の揃へし客の靴

恪勤の右肩下がる麦の秋

法師蟬鳴き止みし木の深呼吸

水澄むや鷺全身をくちばしに

青棗落ち累累と女系なり

一鉢のみやまりんだう視力室

老人の襁褓が干され栗笑ふ

黄落や瞬き多き木偶芝居

青蛙

平成九年〜平成十二年

人日の老医飴色聴診器

羽搏けと訓辞の結び花辛夷

かたつむり握り少年道迷ふ

冷さうめん上手に啜り左利き

きちきちの跳ぶ虚空あり訃報あり

剃り残る髯がいつぽん子規忌なり

トンネル百抜け秋麗の讃岐富士

穴惑ひよいと跨ぎて往診医

十二月八日鳴かない鳥とゐる

人日や取り替へに来る置薬

有耶無耶となりし顚末シクラメン

蒿苣摘めば乳滲み出る嫉妬かな

てふてふの翔ぶ喝采の翅づかひ

弁解のしどろもどろや八重くちなし

耳遠くなりて長寿や水の秋

墨痕の淋漓と釣瓶落しかな

露草や神輿を担ぐ者足りぬ

金柑の煮詰つてゐる歎異抄

泡を吹く木の焚かれゐる脳死論

出棺す彼方に凧の揚がりけり

葱を剝き爪の三日月大きくす

きさらぎの訃報ネオンが一字欠け

もう一つ民話聞かさう地虫出づ

涙腺のつながつてゐる春北斗

恋猫の修羅場へ老婆棒を持つ

叩き出す腕の静脈さくらしべ

散骨をするならばこの大代田

青葉木菟闇脹らましふくらまし

青水無月藍染洗ふほどに藍

竹皮を脱ぐためらひか恥ぢらひか

瞑りて過去へ旅せむ合歓の花

洋酒瓶のなかの帆船十三夜

母の背を伸ばす高さに初暦

税申告髭の先まで葱臭し

塾の灯のあふれぐんぐん松の芯

一張羅をはや鉤裂きに辛夷咲く

はらり白木蓮《はくれん》嫁ぐ挨拶父母に
譬ふれば背信家族アマリリス
役人をののしるごとく五月雨るる

朝市の荷から跳びだす青蛙

石仏の心音を聴くかたつむり

夕焼けこやけ鍵を鳴らして帰る児よ

青柿のほのと粉噴く疑心かな

不登校の児に餌貰ふ羽抜鶏

鬼門から猫の出てゆく暑気中り

直線の道となりたる秋思かな

笹竹をぱらり拡げる冬銀河

複式学級

平成十三年～平成十四年

去年今年貧乏性に静電気

婚約の指輪きらりと破魔矢買ふ

初糶や唐丸籠の軍鶏が鳴く

出初式虹を掲げて終りけり

累代の墓地のぐるりや枯捨田

煮凝の目玉を食べて写経せむ

逡巡で過ぎた二月の糸切歯

形見分け拡げひろげる雛の夜

牛の角てふ春筍につまづけり

日の射して呪文ほどける蕨山

尼寺にごろ寝してゐる孕み猫

柏餅食べて大きな耳ふたつ

辛うじて複式学級桐咲けり

徳島県脇町にて　二句

藍を着て梲のガイド風薫る

燕反転梲の町に撥ね釣瓶

炎暑なり眼を釣り上げて木偶芝居

笑ふにも器用不器用韮が咲く

節穴の目に魅入られて寝冷えかな

西瓜切る北緯零度に刃を入れて

初盆や遺影の髯を撫でる児よ

村中が重たくなつて柿熟れる

合併をすればどうなる芋の露

牛飼ひが立候補する鵙猛る

佃煮の蝗食べたる視力かな

吟行や刑事と見らる冬帽子

立願の前歯すうすう隙間風

確と踏みしめる波郷忌の霜柱

愛のつく名前がふえる蕗のたう

密猟の禽毟られて野火放つ

春一番身の縫合を抜糸せり

お悔みの言葉もつれる雪柳

猫の恋はげしき通夜となりにけり

純情な流れとなりて柳伸ぶ

龍天に登る日鯸糸を抜く

目白来る五人に二人眼鏡の子

かんじんのところ虫食ふ落し文

土佐暑し京言葉来てなほ暑し

青柿や化粧ねんごろに喪の明ける

白雲のダムにとどまる秋彼岸

保育所の跡がコンビニ流れ星

冬の水鯉の序列を正しけり

鷹柱

平成十五年〜平成十八年

去年今年斜めに貼られ売家札

剪定の大樹瘤持つ夢を持つ

桑解くや「自由は土佐の山間より」

町おこしの太鼓落花を急かしむる
沙羅ひらく真つ新な雨垂直に
出自から諸行無常の沙羅双樹

口中に試飲の地酒七変化

尺蠖に晩節測られゐたりけり

臍出して踊る八月十五日

台風のまなこ近づき呱呱のころ

大根の念仏蒔きと言ふひねり

テロの忌の嗤ふ石榴となりにけり

遺句集の余韻ひろがる夜のちちろ

毒茸蹴りとばしけり烟りけり

鍬の柄を打ち込むひびき冬立てり

人参を嫌ひ良縁遠ざける

句友、堅田武男氏の叙勲を祝して

霜月の銀髪いよよかぐはしき

書初めの眉つりあげる束ね髪

干蒲団悪夢を叩きのめしけり

人参を洗ひ夕日を束ねけり

猫の恋はじまる乾燥注意報

犬ふぐり紙飛行機の着地点

三椏咲く村の真つ芯に鎮魂碑

句碑根づきさくら浄土となりにけり

四万十市中村にて　四句

絮たんぽぽ飛距離伸びゆく遠流の地

秋水墓地芭蕉玉巻く魂を抱く

小京都なり縦よこにつばくらめ

四万十川の水まづ握る立夏なり

紫陽花のうす情け且つ深なさけ

候補者の声はや掠れ半夏生

曲りたる胡瓜育てて頑固なり

まづ習ふ永字八法蚊帳吊草

晩節の躬の芯にあり槍鶏頭

鉄砲水噴きし山より鷹柱

超辛口の熱燗反骨同志なり

楪や憲法九条護りたし

十字架を背負ひとほして枯案山子

おむすびの中より母の木の葉髪

糶に出す乳牛磨く遠雪嶺

誤植なく星座貼りつき冴え返る

囀りのいろを重ねて写生の子

貸莫蓙の四隅のほつれ花疲れ

虎杖を嚙みて土佐弁憚らず

みどりごの握つてひらいて立夏なり

亡びゆく「結ひ」田植機のひた進む

白牡丹矜持の冷えをまとひけり

草刈りて墓と胸襟開き合ふ

紫蘇揉んで清き一票投じけり

法師蟬鍋に焦げ癖つきにけり

黄落の高田馬場へ参じけり

靖国の桜紅葉に兄の血も

無言館巡回展にて　三句

無言館展春愁の自画像も

この中に高知の出身者三名あり

葉桜や新婚の妻描き征きぬ

満員の画展のしんと春惜しむ

颪を待つ

平成十九年〜平成二十年

のど仏とび出してゐる大暑かな

ひたむきに稼ぎ日焼けて吃り癖

萱の傷舐めて塩つぱい土着の血

新涼や大きな眉の師を選ぶ

胃袋のかたち背負ひて秋遍路

よく叱る先生産休赤とんぼ

月蝕を終へし月光浄土かな

白木槿着想を待つ風を待つ

片足は戦にとられ案山子翁

黄泉路まで続くローンか蚯蚓鳴く

逝けばどの星に棲まうか星月夜

爺さんと呼ばれそ知らぬ秋の暮

道を問ふ人の居なくて穴惑

もみあげを伸び放題に松手入

初夢の佳境ねずみに齧られる

咳き込んで身の丈縮むばかりなり

征きし兄のまぼろし春の雪積もる

地下足袋で来し啓蟄のCD店

うぐひすの語尾のびやかに長寿村

銃眼より見下ろす街のさくら冷え

襁褓濯ぐ流れ落花の水ゑくぼ

農継ぎてワーキングプア葱坊主

廃校に金次郎像昭和の日

ベレー帽に入れて猫の子拾ひけり

間引かれず生きて傘寿や菖蒲の湯

早起きの老いの媒酌花南瓜

子つばめに納屋の戸八寸開けて留守

九条を護れと拳みな日焼け

砂利踏むや汗が目に入り草田男忌

鷹の爪軒に逆吊り母子家族

休耕田拡がり花野となる日本

鷹渡る龍馬の視野をひたすらに

つるつるのバイクのタイヤ夜学生

コインランドリー混みて勤労感謝の日

返り咲く紫陽花仏縁かも知れず

襷締め母の銃後や花八つ手

コスモス凜凜

平成二十一年〜平成二十二年

剝げて飛ぶ紙の門松不況なり

通夜の座の端は葱の値語り合ふ

猪打ちの銃身匂ふまで磨く

撃たれたる猪の乳房の張つてをり

霾るや戦死の部下のこと語る

添へ書の子の紙雛操舵室

数珠持ちて帰るはくれん月夜かな

水張りし棚田一枚ごとに皺

飢ゑし国へ送るおさがりこどもの日

葉桜やにんげん魚雷祀られる

雨漏りの音に目覚めて時の日ぞ

飢ゑ知らぬ子ら噎せてゐる麦こがし

ちびりちびり父の日を酌み誰も来ず

戦没の墓碑より発す草いきれ

向日葵の芯焦げてゐる暴走音

特攻基地爪の先まで空蟬に

旧制中時代に担当教員より三男だからと叱咤される

予科錬へ行けと撲たれし入道雲

筆勢の紙をはみ出す暑気払ひ

台風一過前歯一本欠けてをり

轟沈の兄の海越え渡り鳥

散る公孫樹昭和だんだん遠くなる

廃家いま鳥の楽園柿たわわ

冬こほろぎ老老介護の居間に棲み

立冬の銀河米とぐ音流れ

裏作のコスモス凜凜土佐師走

ヘルメット確と十二月八日なり

休校の冬木の貯めし力瘤

雪嶺に挟まれて棲む地獄耳
梅真白自浄能力欲しき世ぞ
いま食べたことを忘れて陽炎へり

霊柩車抜く救急車花吹雪

基地反対の風船雨をはじく文字

大代田左遷のやうな皺寄せて

水を買ふ暮しへ武具を送りけり

僕が不意に俺と言ひ出す栗の花

自分史のなかを歩いて来し墓か

狛犬の阿の口中や雨蛙

でで虫の角伸ばしきる思案橋

裏切られ反る夏落葉沖縄忌

日本を洗濯せむと男梅雨

妻を施設へ預けし夜の冷奴

リハビリへ化粧してゆく生身魂

早稲刈りて真赤な月を昇らしむ

耐へて食ぶ娘《こ》らの薄味敬老日

御開きは小学唱歌敬老会

空気めく妻が居なくてそぞろ寒

掘る芋のみな子沢山過疎すすむ

モーツァルト聴かせて醸す新走り

ぐうの音を出すまで搾る柚子坊主

龍馬忌のまだ燃えてゐる烏瓜

幟立つ

平成二十三年～平成二十四年

鏡餅正座にしびれたる罅か

酢海鼠を嚙みて余齢をかくしやくと

立春大吉マタニティドレスに席譲る

まぎれなく龍馬の川ぞ凧日和

消防士手伝つてゐる大野焼

堤焼く八百長記事を焚きつけに

竹刀振り野焼指示する喉仏

野火猛り指呼にまぼろし決戦場

おさがりの自転車軋み風光る

屋台にて乾杯落花の吹きだまり
復興へ朝市の立つ幟立つ
志士何故かなべて夭折花うつぎ

茄子苗の紺の気骨を定植す

轟沈の兄は二十三卯波立つ

願はくばこの蛍火を被災地へ

放射能記事に包まれ枇杷熟れる

七月四日　二句

高知空襲碑に鏡川の水掛けて

空襲碑の刻字に潜み青蛙

蟬しぐれ原発麻痺の日本なり

蛇口みな上向く母校盆踊

遺骨無き墓の傾く竹の春

振り向かず野分に押され村捨てし

登り窯継ぐ者無くて小鳥来る

黙禱を捧げはじまる敬老会

海よりも低く棲みゐて秋刀魚焼く

名札ぶらぶら徘徊老婆秋ざくら

いわし雲拡げオールドパワー展

岐れ道案山子の胸に道標

柩閉づ母を菊人形にして

喪主の謝辞嗚咽に途切れ昼の虫

わが顔の皺が漬けごろ掛大根

にこにことヘルパーが来る花八つ手

恵方には龍馬脱藩の道のあり

書初めの「絆」が殊に滲みたり

消防服の遺影も並べ成人式

寒九の水飲みて筋金入りの躬に

奥の手を考へてゐる懐手

寒柝の児らコンビニを基地として

志士の血の通ふ紅梅より咲けり

やはり寒戻る震災一周忌

卒業生一人を祝ひ閉校式

児の数の巣箱残して閉校す

石筍の洞よりの水畦を塗る

鳥つるむ尊徳像の薪の上

篤農の通夜の灯浮かべ大代田

田植機は四隅は植ゑず婆植ゑる

聖五月金環日食完璧に

堅く巻く特攻基地の落し文

巣立ち待ち燕の生家壊される

「原発反対」ばかり吊して星祭

タイムカプセル掘る廃校や盆帰省

芋の露励まし合つてゐるやうな

讃美歌にオルガン伴奏涼新た

きちきちと鳴き吉方へ飛びゆけり

村中の知恵を集めて敬老会

貼り替へて清貧護る障子かな

独り居の自由不自由虫すだく

柿たわわ夕日の重さ加はりて

北川村　中岡慎太郎館にて　二句

慎太郎生家を囲む柚子の照り

維新回天の志士の忌眩し返り花

蟬の穴

平成二十五年〜平成二十六年

初日拝む老いてますます日本人

貰ひ泣きすること多き二月かな

母が形見の晴着羽ばたく卒業歌

手相見る一燭落花の吹きだまり

遺句集を開けば黄蝶ひらひらと

曾孫誕生春暁星座切磋して

乳欲しき嬰のこゑ高く明け易し

兜飾り平和憲法護りたし

黒潮の沖をイージス艦枇杷熟れる

余生こそ老いの青春さくらんぼ

夏うぐひす森の密度を弛ませて

海の日やさらに沖見る龍馬像

羽蟻とぶ山家の空を米軍機

暑に負けぬ気骨一書の掠れにも

力みだす発電風車入道雲

特攻機征きたる空ぞ鷹渡る

秋揚羽聖書を開く息づかひ

京に同志社土佐に立志社灯火親し

トップ記事は胴上げ写真鵙猛る

献体の柩見送る菊の香に

紅葉をしない木犬が尿する木

にんげんに及ぶ使ひ捨て去年今年

南国に初雪児らが唄ひだす

ブラック企業辞めたる孫に寒波来る

金封の黒ばかり要る二月かな

試歩圏を拡げひろげて蕗の薹

芽柳や川面に詩を書くごとく

耕してたがやして伸ぶ生命線

五人減り一人生まれる村梅雨入り

万緑の暗さが抱く秘密かな

シュプレヒコール蟹はひたすら泡を吹く

機銃掃射に伏せし記憶や蟬の穴

生き延びて大洪水に遭ふ不幸

避難校舎より古賀メロディー星月夜

涙痕の見える満月仰ぎけり

地滑りの亀裂を伸ばす稲光り

酸橘《すだち》一盛り乗せて帰りぬ置手紙

もろこしの歯並び食べてショパン弾く

非正規のままに娶らず虫すだく

みほとけはみな福耳よ柿たわわ

自分史のなかの花野をまつしぐら

議会解散大黄落の始まれり

ゆく秋の影踏みしめて逆遍路

不景気な話に集ふ綿虫よ

愚痴を聞くことも介護かしぐれけり

米寿

平成二十七年〜平成二十八年

箒目の朝日にはづむ初雀

雌伏するための枯野となりにけり

煮凝や寡婦は男になりきつて

九条の空や大寒穏やかに

春立つや閉店セールの葉書来て

野火放つ一領具足の墓もろとも

陽炎を反芻牛の乳房張る

戦出来る国になりさう春一番

星のなみだ宿して今朝の土佐みづき

白木蓮遺影につこり旅立てり

花冷えの頬骨尖る総婦長

ぼんやりとして陽炎になつてゐる

想はざる返球が来るこどもの日

海桐咲く米寿の顔の龍馬像

廃校の池はめだかの学校に

峠とは村捨てる場所夏うぐひす

端居して乳房吸ふ眼に宿る星

夏病みて玉砕兵のごとく痩せ

次の世を少し見て来た昼寝覚め

敗戦忌褪せても遺影正眼に

兄征きし海へ流れ星ながれ星

鰯雲よりも拡がり反対派

みどり児を秤に乗せる白露かな

黄落や切手逆さの速達状

みの虫の首出す投票日和かな

人の字は支へ合ふ杖冬に入る

十三日の金曜しぐれパリにテロ

冬鵙や途中で切りし詐欺電話

警察に大門松の立つ不思議

初詣児ら五郎丸ポーズして

限界集落に平家の系譜冬紅葉

寒梅や参道で売る土佐刃物

ぬひぐるみも家族に加へ女正月

僻地医師辞めて去りゆく鳥雲に

ハーモニカ吹く少年に春の虹

花冷えや板垣刺した剣の錆

爺よりも婆が元気ぞ山笑ふ

生家柱に背くらべの痕菖蒲咲く

幟競ふ本家元祖の饅頭屋

万緑や老いが老い押す車椅子

居士信士と差別の黄泉か盆の月

山の日ぞまづ山道のごみ拾ひ

句集　土魂　畢

あとがき

本句集は『土着』に続く第二句集である。

『土着』は昭和六十三年（一九八八年）春、高知県職員を退職した記念に過去十年間の作品から選出したものであるが、今回はその後の約二十八年間の作品から自選したものである。

私の文芸歴を回顧してみると、終戦直後の旧制中学時代や青年団活動を通じて、自由詩や短歌に興味を持ちガリ版誌等に発表していたが、結婚後ホトトギス派の俳人であった妻の父のすすめで、その方の県内誌に投句していた。

そのうちに何か物足りなくなり、本格的に俳句の歴史や傾向等について勉強したところ、人間探求派の中村草田男に一番魅せられて昭和三十七年その主宰誌に入会。そして翌年八月四日、草田男先生の故郷、松山市で「萬緑」全国大会が開催されたので、恐る恐る出席。当日事前投句の稲作の体験による一句、〈早稲開花農夫のみ知る朝日の香〉が特選となり仰天した。

その時、草田男先生から芭蕉の『奥の細道』の〈早稲の香や分け入る右は有磯海〉を引用されご講評を賜った。

更に翌日の吟行句でも秀逸に選ばれ、このことが私の実質的な句作へのスタートラインとなったことは言うまでもない。

当日賞品として頂いた『長子』の代表作〈夕桜城の石崖裾濃なる〉の先生ご揮毫の色紙は私の一生の宝物となった。

しかし折柄、県庁の仕事に忙殺され、投句も怠りがちで遂に同人になれなく、先生ご他界後に退会。以後系列の「未来図」に入会。上級同人となったがある特別の事情により断腸の思いで脱会した。

その後一年半のブランクを経て「港」誌へと所属結社を変更し、現在に至った次第である。

本句集の題名『土塊』は先年の年賀状に添えた〈掘り起す土のたましひ鍬始〉の要約である。

考えてみると生来、作物栽培が趣味であり稲作は既にやめたが、二度も椎間板ヘルニアの手術をしたものの完治せず、持病となった腰痛に耐えながら今も低農薬での新鮮野菜を栽培しており（妻が在宅中は産直市場に出荷）、余ったものは、親戚、知人、句友等に分配していることから命名した。

さて本句集を編纂するに当り、「未来図」「港」誌や地元誌「光渦」等に発表した約四千句を集録したが、各種大会等の入賞作品は散逸したので除外した。

この集録中にも続々と先輩、友人他若い方々の斬新な優れた句集が発刊されていることから、自分の句業の貧しさに辟易し、気おくれがして何度かやめようかと思ったが、既に「文學の森」と約束していたので、やっと上木することとした。

一般的に第二句集以後は自選が原則とのことから登載の句々についてももっと佳什がありはしなかったかとの戸惑いはあったが、あくまでも自分の嗜好に基づき自選した。

時代の流れと共に高齢化し人生の最晩年を迎えるに当り、ここに愚直な人間の生きてきた証をご高覧頂けたら幸甚である。

末筆ながら本句集の題名をご揮毫して頂いた師事している書家・岡崎桜雲先生と、気長く待って頂きお世話になった「文學の森」の皆様に深甚の謝意を申し上げる。

平成二十八年八月

著者

著者略歴

大畠新草（おおばたけ・しんそう）本名　辰三（しんぞう）

昭和３年12月12日　南国市十市に生まれる
昭和23年　高知県職員となる
昭和30年　句作開始　数誌遍歴
昭和37年～53年　「萬緑」会員
昭和54年　第４回高知県短詩型文学賞受賞
昭和56年　県内誌「光渦」同人
昭和59年　「未来図」入会、60年同人
昭和62年　高知県を退職　第２回未来図賞受賞
　　　　　某整形外科病院事務長、10月退職
昭和63年　高知女子大学学生部非常勤職員
平成４年３月　同上退職
　　　　12月　土佐町早明浦病院老健施設建設委員長
平成７年５月　老健施設事務長代理兼病院相談役
平成９年６月　同上退職
平成10年８月　高知県行政書士会事務局長
平成11年９月　同上退職
平成17年末　「未来図」退会、同時に「現代俳句協会」と
　　　　　　「俳人協会」の会員を辞退
平成18年　高知市立自由民権記念館友の会会長（名誉職）
　　　　　21年同上退任、
　　　　　22年10月同上内に炎俳句会結成代表
平成19年９月　「港」入会
平成21年　同誌未明集同人
平成23年　同誌暁光集同人

現住所　〒783-0036　高知県南国市福船619
電話・FAX　088-864-3658

句集　土《ど》魂《こん》

発　行　平成二十八年十二月十二日
著　者　大畠新草
発行者　大山基利
発行所　株式会社　文學の森
〒一六九-〇〇七五
東京都新宿区高田馬場二-一-二　田島ビル八階
tel 03-5292-9188　fax 03-5292-9199
e-mail　mori@bungak.com
ホームページ　http://www.bungak.com
印刷・製本　竹田　登

ISBN978-4-86438-603-6　C0092